10 Une histoire en minutes !

UNE NUIT
DANS UN CHÂTEAU ENSORCELÉ

Case postale 1202
Lévis (Québec) G6V 6R8
CANADA
Téléphone : 418 833-5607
Télécopieur : 418 833-9723
info@envolee.com
www.envolee.com

Version originale italienne : *La notte nel castello stregato*
© 2012, Edizioni EL S.r.l., Trieste, Italie

Illustrations de Stefano Turconi

ISBN 978-2-89488-411-9

Nous reconnaissons l'aide financière du gouvernement du Canada par
l'entremise du Fonds du livre du Canada pour nos activités d'édition.

Imprimé au Canada

10 Une histoire en minutes !

UNE NUIT
DANS UN CHÂTEAU ENSORCELÉ

Éditions de l'Envolée

Un jeune voyageur se trouve pris, une nuit, sans savoir où dormir. Il aperçoit enfin un grand bâtiment perché sur une colline. C'est un château. Il se détache sur le ciel, sombre, sans la plus petite lumière. Après un moment de réflexion, le jeune homme décide qu'il y sera en sécurité.

Soudain, le jeune voyageur entend une voix qui demande :

— Où vas-tu comme ça ?

Il sursaute. Une vieille femme est apparue devant lui, courbée sous un gros fagot de bois.

— Bonsoir ! Je vais demander une chambre au château, répond-il.

—Tu es fou! Ce château est plein de fantômes! Ceux qui y vont n'en reviennent jamais.

— Des fantômes ? répète le jeune homme. Je suis bien curieux de les voir !

Et il poursuit son chemin.

— Je t'aurai prévenu ! crie la vieille femme derrière lui.

Le château parait abandonné. Les portes s'ouvrent sans mal sur de grandes pièces vides. Le jeune homme s'installe dans une chambre, allume une chandelle, grignote un morceau de pain, puis se couche et s'endort. Il se réveille à minuit, grelotant de froid. Il allume un feu dans la cheminée.

Tout à coup le jeune homme entend :

— Miaou ! Miaou ! Il fait froid !

Il se retourne et dit :

— Venez près du feu, si vous avez froid !

Des ténèbres sortent deux énormes chats noirs qui s'accroupissent à ses côtés. Leurs yeux immenses brillent dans le noir.

— Tu veux jouer aux cartes ? propose l'un des chats.

— Pourquoi pas ? répond le jeune homme. Mais faites-moi d'abord voir vos pattes.

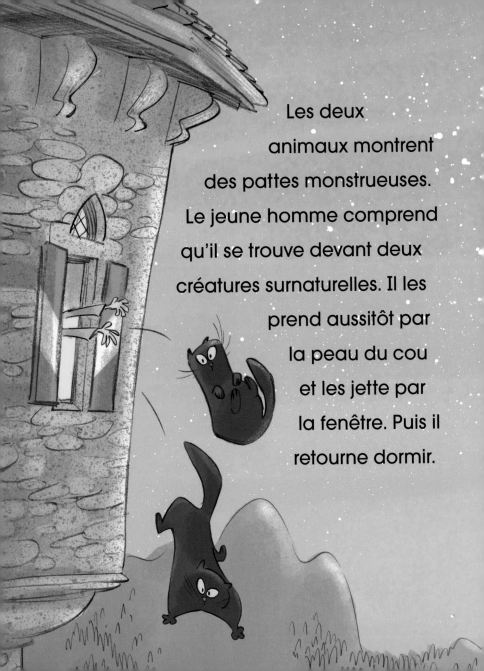

Les deux
animaux montrent
des pattes monstrueuses.
Le jeune homme comprend
qu'il se trouve devant deux
créatures surnaturelles. Il les
prend aussitôt par
la peau du cou
et les jette par
la fenêtre. Puis il
retourne dormir.

Le lendemain, en sortant du château, il trouve devant lui quelques villageois des alentours.

— Tu n'as rien vu ? lui demande l'un d'eux.

— Non, répond le jeune homme en riant, à part deux gentils chats qui m'ont tenu compagnie.

— Alors tu dois rester, poursuit le villageois. Le roi a promis la main de sa fille à celui qui réussira à passer trois nuits au château pour le libérer du sortilège.

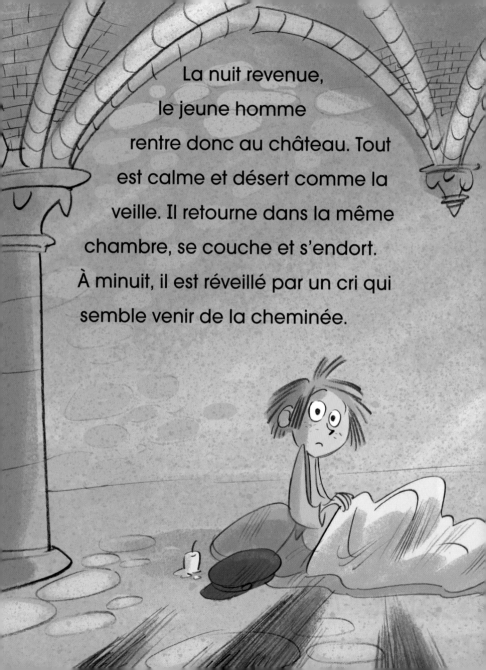

La nuit revenue,
le jeune homme
rentre donc au château. Tout
est calme et désert comme la
veille. Il retourne dans la même
chambre, se couche et s'endort.
À minuit, il est réveillé par un cri qui
semble venir de la cheminée.

À peine a-t-il le temps de se lever qu'un homme terrifiant surgit devant lui. Puis un autre, et un autre encore... Il est bientôt entouré de neuf brigands qui jouent avec des crânes.

— Je peux jouer
aussi ? demande
le jeune homme.

— Si tu as de quoi
parier, grogne l'un
des brigands.

Ils jouent et parient toute la nuit. À l'aube, les brigands disparaissent.

La troisième nuit, le jeune homme dort dans la même chambre. À minuit, la porte grince. Apparait alors l'ombre gigantesque d'un vieillard qui porte une longue barbe blanche.

— Tu ne devais pas revenir ! hurle-t-il. Maintenant, tu vas mourir, à moins que tu te montres plus fort que moi.

— Que dois-je faire ? demande le jeune homme.

Sans dire un mot de plus, le vieillard se retourne et le conduit dans un labyrinthe de couloirs souterrains.

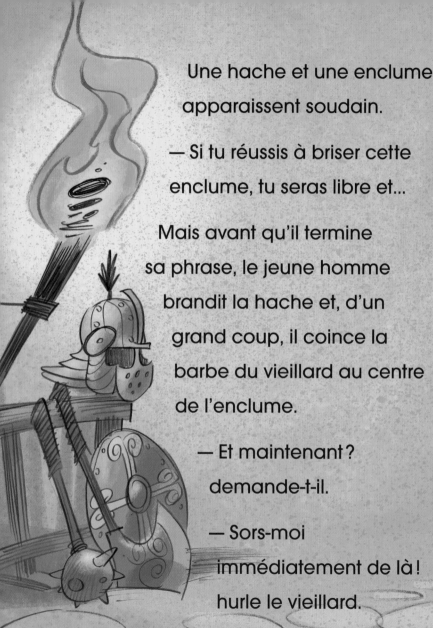

Une hache et une enclume apparaissent soudain.

— Si tu réussis à briser cette enclume, tu seras libre et...

Mais avant qu'il termine sa phrase, le jeune homme brandit la hache et, d'un grand coup, il coince la barbe du vieillard au centre de l'enclume.

— Et maintenant? demande-t-il.

— Sors-moi immédiatement de là! hurle le vieillard.

— Seulement si tu promets de partir d'ici et d'emmener tes démons! s'exclame le jeune homme.

Le vieillard n'a pas d'autre choix que de partir.

Le jeune homme sort à son tour du château. Il aperçoit le roi, venu lui donner sa fille en mariage.

Activités

Le jeune homme a froid. Aide-le à
atteindre le feu allumé dans la cheminée.

Ces images sont des portions d'objets,
d'endroits ou de personnages qui sont
dans l'histoire. Devine ce que c'est.

  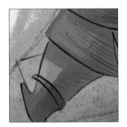

  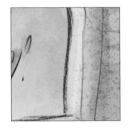

Recopie ces mots à l'endroit qui convient.

brigands • ensorcelé • chats • fenêtre • barbe

Le jeune homme jette les _ _ _ _ _ par la

_ _ _ _ _ _ _ , joue avec les _ _ _ _ _ _ _ _ _

et chasse le vieillard à la _ _ _ _ _

du château _ _ _ _ _ _ _ _ _ _ .